条纹果酱

［日本］Goma 文 / 图　小海驴 译

江西教育出版社
JIANGXI EDUCATION PUBLISHING HOUSE
·南昌·

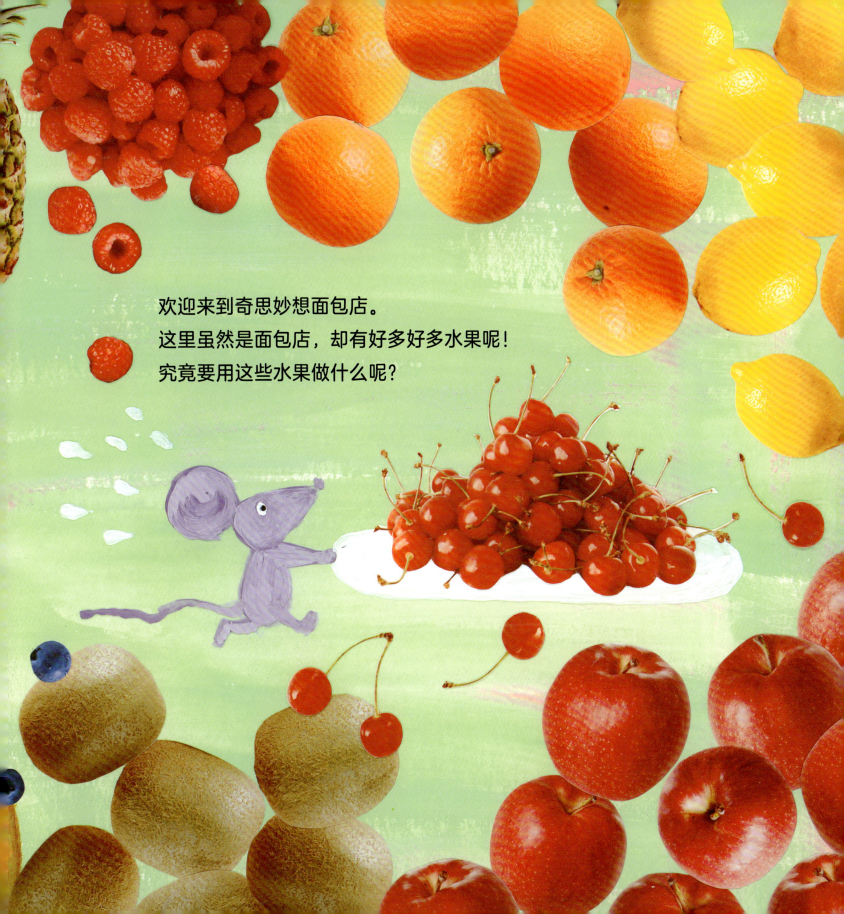

欢迎来到奇思妙想面包店。

这里虽然是面包店，却有好多好多水果呢！

究竟要用这些水果做什么呢？

一圈一圈地削皮，**嗨哟！** 嘎吱嘎吱地切碎，堆成小山，**嗨哟！**

撒满亮晶晶的白砂糖，

嗨哟！

狐狸师傅一边念念有词，
一边跳着舞，开心极了。

咕嘟咕嘟，当大锅里开始冒香气时，
狐狸师傅拿起木勺，搅一搅，拌一拌。
最后忍不住，还偷偷尝了一小口。

原来，狐狸师傅做的是果酱啊。

狐狸师傅偶尔做一次果酱，
有很多客人等着买呢。

果酱一摆到店里，立马就大受欢迎！
大家纷纷赶来，挑选自己喜欢的口味。
不过，也有一些客人犯了愁：
"每种果酱看起来都很好吃呢，真想全都尝一尝，
可是买太多又吃不完……"

狐狸师傅听了，立马想到一个好主意：
"嗯，就这么定了！
我要做一款满足所有人口味的秘制果酱！"

只见他把各种果酱混合在一起，
调一调材料，再加一点水。
为了保留各种果酱的味道，
狐狸师傅还添加了一些奇怪的香料……

可是，加的东西越多，
果酱的颜色就越奇怪，
连味道也变得乱七八糟！

"全身都是果酱，黏糊糊的……
试吃太多，连舌头都麻了。"

"唉，怎么才能做出一瓶万能果酱呢？
能一次尝到各种口味，
颜色也要漂亮，让人有食欲……"

小老鼠站在门口，
看着一脸郁闷的狐狸师傅。

"哎呀呀，先歇一会儿吧。
我给你准备了香喷喷的热茶和烤饼。
太累的时候，可想不出什么好主意呢！"

刚出炉的烤饼冒着热气，暖乎乎的。
"像这样把烤饼掰成两半，然后抹上果酱，
我最近特别喜欢这样吃呢。"

咬了一口烤饼的狐狸师傅，突然灵光一闪。
"没错，就是这样！照这个法子弄的话，绝对没问题。
谢啦，鼠老弟！"

第二天，店里来了很多客人。

"听说了吗？奇思妙想面包店出了新款果酱。"

"颜色很漂亮，以前从没见过呢。"

"听说买一瓶，就能吃到不止一种口味哟！"

条纹果酱大获成功。

回家后，大家用果酱配各种食物吃。

看来条纹果酱的奇妙口感，让大家很满意呢。

不过，就连狐狸师傅也不知道，
这款果酱有一股神奇的力量。
第二天……

森林里到处都是长着条纹的动物。

似乎只要吃了条纹果酱，全身就会长出条纹。

"你是不是草莓和猕猴桃？
我是菠萝和橘子哟！怎么样？很不错吧！"
大家看起来高兴极了。

咦？狐狸师傅和小老鼠
也长出条纹了……

看样子，在果酱吃光之前，
这场奇妙的条纹大变身，
还会继续下去吧。

最近的
打扮
真不错！

奇思妙想 果酱、

食谱

快和你的家人一起，试着做做看吧！

草莓酱

选这种不太甜的、个头小的草莓，做果酱更合适哦。

【材料】

草莓 约 300 克　白砂糖 50 克　柠檬汁 1.5 小勺

1. 草莓去蒂之前，先用清水洗净，放进筐里沥干水分，再摘掉蒂部。

2. 把所有材料放进锅里，放置 1 小时以上腌出水分。

3. 开大火煮，煮沸后转小火，边煮边用木勺搅拌。起沫后，用勺子撇出浮沫。再转中小火，用木勺边搅拌边煮 15 ～ 20 分钟，注意别煮煳了。

4. 等锅里的果酱变得黏糊糊的，就算是煮好了，可关火。

蓝莓酱

树莓酱也能用同样的方法制作，加点酸奶也很好吃哦！

【材料】

蓝莓 约 270 克　白砂糖 135 克　柠檬汁 1.5 小勺

1. 蓝莓用清水洗净，放进筐里沥干水分。

2. 把材料全部放入锅中，放置 1 小时以上腌出水分。如果出水量少的话，可以额外加 3 勺水。

3. 开大火煮，煮沸后转小火，边煮边用木勺搅拌。起沫后，用勺子撇出浮沫。再转中小火，木勺边搅拌边煮 15 ～ 20 分钟，注意别煮煳了。

4. 等锅里的果酱变得黏糊糊的，就算是煮好了，可关火。

香蕉巧克力酱

【材料】

香蕉（成熟的）	4 根
白砂糖	300 克
水	75 毫升
巧克力	125 克

换成白巧克力，也很美味哦！

1. 香蕉剥皮后切成片，巧克力细细切碎。

2. 把切好的香蕉放入锅中并加入白砂糖和水。开中火煮，煮沸后转小火，边煮边用木勺搅拌。起沫后，用勺子撇出浮沫。

3. 把煮好的香蕉倒入大碗里，用搅拌器打成泥状。

4. 把香蕉泥放回锅里，开小火煮，再撒入切碎的巧克力。等巧克力和香蕉泥融为一体，果酱就完成啦。

瓶子很烫，操作时小心烫伤哦。

储存瓶的消毒方法

用热水给
储存果酱的瓶子消毒吧！

1. 把洗干净的瓶子和盖子放入深锅里，加水后开大火煮。

2. 水开后转小火煮 10 分钟消毒。

3. 准备干净的抹布，摊开放在桌子上。

4. 用夹子取出瓶子和盖子，倒扣在抹布上，晾干。

5. 把热乎乎的果酱装入瓶子，拧紧盖子。然后把瓶子倒立，直到余热散去。

苹果酱

红玉苹果的口味更酸甜，制作出的果酱颜色也会更漂亮哦。

【材料】

苹果	3 个
白砂糖	果肉分量的一半
柠檬汁	1 大勺
水	100 毫升

1. 苹果用温水洗净，削皮（皮也有用，削完后不要扔），去核。把果肉切成小块，称好重量。

2. 在锅里放入苹果块、白砂糖、柠檬汁、水、装有果皮的茶包，用木勺轻轻搅拌。

3. 开大火煮，煮沸后转小火。起沫后，用勺子撇出浮沫。再转中小火，用木勺边搅拌边煮 15 ~ 20 分钟，注意别煮煳了。

4. 一边煮，一边用木勺将苹果块碾碎到你喜欢的程度。目测冷却后能凝固，呈现黏稠状后，再慢慢关火。

5. 最后，捞出装有果皮的茶包。

姜汁酸橙果酱

【材料】

酸橙	2 个
生姜	50 克
白砂糖	果肉和果皮分量的一半
水	180 毫升

具有清淡的生姜香气，
是别具风味的姜汁酸橙果酱哦！

1. 用温水洗净酸橙，去皮。把果肉和果皮放在一起，称好重量。生姜去皮，碾碎。

2. 把果皮放在热水中煮 15 分钟后捞出。擦干表面的水分，切碎。

3. 将果肉挤出果汁，然后把果肉放进茶包。

4. 锅里放入切碎的果皮、果汁、装有果肉的茶包、白砂糖、水、碾碎的生姜，开大火煮。

    煮沸后转小火，边煮边用木勺搅拌。起沫后，用勺子撇出浮沫，再煮 30 ~ 40 分钟。

5. 等锅里的果酱变得黏糊糊的，就算是煮好了，可关火。

6. 最后，取出装有果肉的茶包。

菠萝酱

加一点冰块或者少量的咖喱当佐料，会更美味哦！

【材料】

菠萝（小）1个
白砂糖　　果肉分量的一半

1. 菠萝削皮，切成丁，称好重量。

2. 把菠萝肉、白砂糖放进锅里，放置 1 小时以上腌出水分。

3. 开大火煮，煮沸后转小火，边煮边用木勺搅拌。起沫后，用勺子撇出浮沫。
   再转中小火，用木勺边搅拌边煮 15～20 分钟，注意别煮煳了。

4. 等锅里的果酱变得黏糊糊的，就算是煮好了，可关火。

猕猴桃果酱

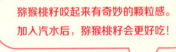

狝猴桃籽咬起来有奇妙的颗粒感。
加入汽水后，猕猴桃籽会更好吃！

【材料】

猕猴桃　3 个
白砂糖　果肉分量的一半

1. 猕猴桃去皮，切成小块，称好重量。

2. 把切好的猕猴桃和白砂糖放入锅中，放置 1 小时以上腌出水分。

3. 开大火煮，煮沸后转小火，边煮边用木勺搅拌。起沫后，用勺子撇出浮沫。再转中小火，熬制 15～20 分钟。

4. 等锅里的果酱变得黏糊糊的，就算是煮好了，可关火。

胡萝卜柠檬酱

【材料】

胡萝卜	1 根
柠檬	2 个
黄砂糖	胡萝卜去皮后重量的 65%

1. 胡萝卜去皮后磨碎，称好重量。

2. 用温水洗净柠檬，擦干表面的水分。将柠檬皮磨碎备用，再将柠檬果肉挤出柠檬汁。

3. 把磨碎的胡萝卜和柠檬皮、柠檬汁、黄砂糖放入锅中。开中火煮，煮沸后转小火，熬制 15 ~ 20 分钟。

4. 等锅里的果酱变得黏糊糊的，就算是煮好了，可关火。

柠檬和胡萝卜搭配起来，酸甜爽口！

小烤饼

【材料】（8个的分量）

A：					
低筋面粉	220 克		黄油	80 克
高筋面粉	220 克		白砂糖	60 克
烘焙粉	25 克		牛奶	280 毫升
盐	适量		蛋黄	1 个
			水	适量

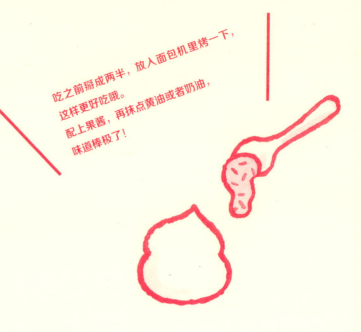

吃之前掰成两半，放入面包机里烤一下，这样更好吃哦。配上果酱，再抹点黄油或者奶油，味道棒极了！

1. 黄油切成小块，和材料 A 一起放到大碗里。用手掌把所有材料搓匀，搓成干爽松散的粉末状。

2. 放入白砂糖继续揉搓。

3. 倒入牛奶，揉成一团。

4. 撒上面粉，裹上保鲜膜，在冰箱里放 30 分钟。

5. 取出醒好的面团，用擀面杖擀至 2 ~ 3 厘米厚。用圆形模具（直径 7 ~ 8 厘米）压制出小烤饼形状的面饼，也可用刀切。

6. 将压制好的面饼，以一定间隔摆在铺好烘焙纸的烤盘上，再刷上加了水的蛋黄液。

7. 烤箱预热到 220 摄氏度，将摆好面饼的烤盘放入烤箱内烤 15 分钟。小烤饼就完成啦。

版权合同登记号：14-2023-0090

赣版权登字-02-2023-380

图书在版编目（CIP）数据

条纹果酱 / 日本 Goma 文图；小海驴译 . -- 南昌：
江西教育出版社，2023.11

ISBN 978-7-5705-3863-8

Ⅰ . ①条… Ⅱ . ①日… ②小… Ⅲ . ①儿童故事 – 图
画故事 – 日本 – 现代 Ⅳ . ① I313.85

中国国家版本馆 CIP 数据核字 (2023) 第 182504 号

蒲蒲兰绘本馆

条纹果酱
TIAOWEN GUOJIANG

[日本] Goma　文/图　　小海驴　译

江西教育出版社有限责任公司出版
（南昌市学府大道299号　邮编：330038）

出 品 人：熊　炽
责任编辑：董甜甜
责任校对：朱　丽
特约编辑：王佳怡
美术编辑：陈　萌　张允宝

各地新华书店经销
北京华联印刷有限公司印刷
889毫米×1194毫米　12开本　$3\frac{2}{3}$印张　50千字
2023年11月第1版　　2023年11月第1次印刷　　印数3000册

ISBN 978-7-5705-3863-8

定价：46.00元

赣教版图书如有印装质量问题，请向我社调换。
电话：0791-86100026